EL ÚLTIMO CANTO DEL GRILLO

Chevick Giraldo

www.edicionesrubeo.com

www.mcharrell.com
ISBN: 978-84-125055-9-7

Hoy, Josep Anue Vínico regresó al lugar donde había armado sus sueños por encima de las aguas revueltas del río y del crujir de los vientos, cuando le decían que, Heidi Antonelli Anzoátegui, la mujer más bella del pueblo, quien al caminar movía la cuadra y los sueños amorfos de los habitantes, sería el espiral de un tiempo de dolor, de malos sueños al final de la noche y del caminar descalzo de un bosque lleno de espinas. Pero nunca les creyó, tanto que creó un caparazón en sus oídos y en sus ojos una oscura visión para no ver la realidad más allá de su nariz. Cuando esos vientos llegaban a su ventana la cerraba, otras veces salía a caminar con la mirada puesta en la estrella más lejana para alejarse de esos vientos, pero los vientos se seguían colando por las rendijas sin que nada podía hacer.

La habitación estaba igual cuando huyó de sus ojos y de sus labios resecos, también de su voz aguda cuando le dijo, que donde fuera la escucharía así no estuviera en este mundo de barro y lodo. Sintió el olor de su piel pegada en la pared de la habitación, había gritos pesados que todavía no habían logrado salir. Caminó despacio por toda la casa buscando algo diferente al dolor pero todo tenía otra forma y color. Incluso el cuadro que estaba pegado en la sala donde estaba con los ojos grandes y los labios resecos le pareció que hablaba. Se tapó los oídos pero su voz estaba ahí imperante. Quiso saltar por la ventana pero habían niños jugando en el parque. Entonces cerró las cortinas y se miró al espejo. Estaba pálido y su cuerpo frio. Clavó sus ojos sobre los suyos y con la voz débil preguntó: ¿Quién soy yo? Acarició sus manos y luego su cara. No se detuvo en los surcos de pequeñas arrugas que ya hacían huellas en su cara, ni en las canas que ya empezaban a salirle en el pecho.

¿Quién soy yo? Le preguntó de nuevo al espejo pero siguió mudo. Volvió a pegar sus ojos sobre él y se dio cuenta que estaba llorando. Entonces corrió a la ventana de nuevo, pero en ese momento pasaba un carro fúnebre. Algo pensó que se detuvo. Bajó rápido las escaleras, todavía los niños estaban jugando en el parque y le pareció que ignoraban el momento, al fin eran niños y el sentimiento de la muerte no estaba en ellos. Se acercó y le miró a los ojos por largo tiempo, no era su vecino pero halló en su mirada dolor, a lo mejor había vivido el drama que él estaba viviendo. Buscó en los asistentes alguien que estuviera llorando, todos tenían lágrimas secas igual que él. No quiso comprometerse por ahora con otros pensamientos, así que estiró la mano y abrió la tapa del ataúd, estaba frio, tieso como un cacho seco. Qué mierda, se ve uno feo; creo que nadie se enamora de uno así, pensó mientras con zancadas largas se dirigía a su casa. Antes de abrir la puerta se detuvo y miró al parque, los niños seguían jugando a la vida.

Contó uno a uno los escalones, cuando llegó al último se asomó a la ventana, la abrió y buscó en su interior una señal de cobardía, no la encontró, entonces puso el pie derecho, luego el izquierdo sobre la baranda. Cerró los ojos por un segundo, abrió los brazos.

Señor, ¿cómo se llama ese juego?

¿El paracaidista? Los niños rieron y masticó ese momento con rabia, pero entendió que eran niños.

Su casa grande de cuatro pisos tenía vista al mar. Allí frecuentemente tendía su hamaca sobre dos palos de mandarinos y se deleitaba mirando cómo las olas rastrillaban las arenas blancas sobre las playas, y cómo los marineros esperaban con los brazos abiertos a las mujeres que le hacían olvidar por momentos las mareas del mar. Pero hoy no tendió su hamaca, se acostó boca arriba mirando el cielo y desde allí vio una nube negra que lo empezó a enredar en un remolino donde había un túnel. Dentro del túnel pequeños globos de dolor que al crecer estallaban produciendo un sonido sordo en sus oídos. Quiso identificar el dolor y allí se vio caminando desnudo con los pies llenos de espinas; sus dedos recogidos hacia atrás sosteniendo la foto de la mujer que le había transformado en tan corto tiempo la vida en funestos despertares; sus ojos ya no tenían la luz de antaño, eran dos pequeños faroles a punto de fundirse por falta de vida. Su cuerpo ahora era delgado y desde aquí podía contar las vértebras y la palidez asombrosa de sus huesos, también el poco pelo que le cubría la parte de atrás de su cabeza.

¿Ese soy yo? Se empezó a tocar sin apartar la mirada de lo que estaba viendo. Cuando lo comprobó de una vez empezó a cubrir su cuerpo de arena, pero cuando creyó estar enterrado una ola lo descubrió. Sintió enojo y hasta se preguntó por qué existía el mar y las arenas, también la mujer que lo tenía al borde de la locura irremediable. Se levantó despacio y caminó con la cabeza hundida entre el pecho. Mientras caminaba en dirección al río Güera que dividía al pueblo, se dio cuenta que era hijo del dolor y que ya no había caminos que lo llevaran a soñar diferente, tampoco a sentir espacios de vida con soles y lunas anclados en las ventanas de sus sueños antes de conocerla.

Regresó a la casa y se miró de nuevo sin acordarse que, minutos antes, con la respiración agitada lo había vuelto oscuro. Lo limpió con la manga de la camisa a cuadros pero seguía igual. Entonces sacó el pañuelo mojado de lágrimas y lo secó. Se retiró un poco, luego se acercó y abrió los ojos. Los tenia llenos de tristeza, lágrimas y enojos consigo mismo, nunca se había sentido culpable de nada. Ahora se sentía diferente, tanto que en intervalos de tiempos cortos en algunos de esos pensamientos llegó a pensar que ya no era él. Caminó a la sala y corrió la cortina y ya no vio el cortejo fúnebre. Se tiró al sofá y los ojos del muerto se pegaron a los suyos. Los sintió fríos como un hielo, con la intención de quererlo llevar al viaje desconocido donde solo van los que mueren. Su cara redonda y pálida tenía la vertiente de un hombre joven que había envejecido en prisión de sus propios sentimientos y pensamientos. Sintió un poco de compasión, pero también enojos al parecerse a él por sus propios sentimientos. Ahora se vio en un cuarto oscuro. Estaba aferrado a las barandas de la cama y el crucifijo viejo que le había regalado su abuelo Ian un día antes de embarcarse en un tren que lo llevaría lejos a pelear en una guerra que no le pertenecía. De tanto apretarlo lo tenía caliente, pero asumió que era la conexión del más allá donde podría mirar con otros ojos a la mujer que se le había comido la vida entera en la tierra. Respiró profundo y buscó una salida al miedo por las rendijas de la puerta cuando el crucifijo se puso ahora frío. Sus labios habían perdido color y en su garganta no encontró el aliento para gritarle a Dios por qué lo había dejado solo en estos momentos cuando lo necesitaba. Pudo escuchar afuera la banda del pueblo acompañando a los políticos de turno y a la procesión de idiotas siguiéndolos por un trozo de pan. Conmigo ya se joden, putos de mierda.

Esto lo pensó como consuelo al miedo de morir antes que cualquier cosa pasara. Masticó los malos recuerdos cuando la vio sentada en un fogón de leña conjurando el hechizo que le había enseñado el indio gran tupa coco para liberarse de él. Al segundo día empezó a sentir la piel caliente y a perder peso, tanto que al séptimo día podía verse la crema de los huesos y la sangre atrancarse en las venas por su delgadez. Ya las esperanzas de consumir la venganza de matarla por su infidelidad y a él por haber defraudado al amigo no estaban lejos, así le tocara caminar en las meras cremas de los huesos. Espero que después que los mate se quemen en el fuego eterno del infierno despacio, muy despacio, para que sufran, dijo respirando profundo.

Sintió un poco de culpa por no ser un creyente conceptual ni dar los diezmos al cura Reis. La verdad tenía enojos con él cuando lo encontró borracho con la monja Arrásala haciéndole el amor de una manera no tradicional con babaza en la boca en el confesionario.

Llegó una oscuridad y luego en el fondo una luz se hizo grande de recuerdos. Si, estaban todos. Allí había una mesa con un mantel blanco y unas flores blancas. Al pie de las rosas había una carta. La abrió emocionado, sus manos tenían el temblor propio del momento. "Estas cortas palabras son brisas del mar, son movimientos de los árboles y de mi corazón que escribe para ti; no son más que corrientes de sentimientos que están formando corales en el mar, casas mágicas en las montañas y en los desiertos aguas que inundan las arenas y las piedras". Cuando terminó de leer lo que había escrito Heidi sonaron los aplausos, los abrazos y los besos. Ella tenía los ojos brillantes y más grandes que lo habitual, sus labios rojos tenían el color a la invitación al beso permanente y a la entrega del amor sin condición alguna. Entonces los dos se fundieron en un largo beso y luego los aplausos de nuevo no dejaron de escucharse hasta que Josep en un estado emocional dijo: Nací en Italia y siendo muy niño me trajo el abuelo a esta tierra cuando mis padres se enrolaron en el movimiento Italiano de resistencia en contra de las fuerzas alemanas y fascistas Italianas. Ellos nunca regresaron. Mi abuelo Ian murió más tarde de fiebre amarilla y siete meses después conocí a esta bella mujer que me tiene loco de amor. Vinieron los aplausos y se besaron de nuevo y en ese beso grande cerraron los ojos y sin importar las rosas y sus invitados salieron corriendo a la habitación. Tres días antes había cambiado la alfombra, ahora era roja y en las ventanas habían fotos cuando tuvieron uno de tantos encuentros íntimos que ninguno de los dos olvidaban. Los dos suspiraron poniendo sus manos en el corazón. Son los mismos latidos, ¿verdad? Le dijo él a ella.

Sí, los mismos.

Vivían en un pueblo al norte de Colombia,

donde los grillos pegados en los grandes ventanales de su casa cantaban de una manera intermitente cada vez que ellos llegaban. No cerraban las ventanas porque tenían la creencia que detrás de ellas los ojos de los grillos les iluminaba sus imaginarios cuando hacían el amor. La alcoba estaba llena de espejos, algunos planos y otros cóncavos con aumento los hacían ver más volubles a la hora de la intimidad. Había una música de fondo donde escuchaban los grillos con sus respiraciones agitadas cantar, y un sonido de tambor venido de las olas del mar que los incitaba a moverse con los brazos en alto y las miradas turbias. Cuando se acercaron ya no tenían nada en sus cuerpos; danzaron pegados con movimientos bruscos hasta sentir la piel mojada y las manos temblorosas. Buscaron sus labios y sus lenguas se enredaron en un nudo de agitación. Afuera estaba lloviendo y pronto las gotas gruesas empezaron a caer sobre la ventana. Nos les importó. La música de los grillos se hizo más fuerte y en esos sonidos agudos se fueron mezclando más emociones, hasta sentir que algo se iba desprendiendo de sus cuerpos, eran como globos que estallaban en gritos de pasión hasta llegar a la sala donde permanecían los invitados con los oídos pegados a la pared. Esto se repitió por toda la noche y parte del medio día. La fiesta se prologó al punto que se convirtió en una fiesta popular donde la gente celebraba como si fuera su propia boda. Al tercer día les golpearon en la puerta una y otra vez, y al no responder llamaron al cerrajero del pueblo. Todavía se sentía el olor a sudor de sus cuerpos en las sábanas que se negaban a salir por la ventana donde habían saltado a la calle.

A una hora de allí armaron la carpa en la desembocadura del río Güera, donde sus aguas eran azules y livianas, y donde los árboles gigantes formaban enramadas donde descansaba la noche. Armaron una fogata y alrededor de ella empezaron a bailar con los cantos de los grillos y el sonido de las aguas. Heidi empezó a contorsionar su cuerpo de atrás hacia delante de una manera suave mientras Josep la miraba. Abrió sus brazos y en un solo nudo se abrazaron sin dejar de moverse. Luego lo miró y abrió su boca y buscó su lengua. Sus manos empezaron a recorrer su cuerpo con la ternura y la delicadeza de un artesano hasta que su cuerpo fue cayendo en una profunda ansiedad. Sus miradas abiertas y dislocadas, sus manos buscando el objetivo fueron desnudando todo sin dejar de bailar aquella música que los hacía inmortales, que los hacía sentir fuera de este mundo mientras los grillos los miraban sin dejar de cantar, y las aguas producir ese sonido imperioso y sublime que los obligaba a continuar viviendo este momento único y mágico en sus vidas. La luna estaba al frente de ellos y al lado había una franja roja que formaba un círculo abierto hasta llegar al sol que estaba ya pronto a ocultarse. La sangre empezó a caminar más rápido y los latidos del corazón se aceleraron cuando acostados sobre el pasto sus cuerpos se mezclaron en uno solo. El círculo de la pasión se fue cerrando en uno solo cuando sus cuerpos empezaron a dilatarse y la respiración se hizo más profunda. Ya no había más espacios en sus cuerpos y en sus emociones, que esperar que lo esperado reventara en globos y se elevaran directo a la luna y a la franja roja que los alumbraba. Los grillos empezaron a cantar más fuerte y el río produjo un ruido como si sus aguas cayeran a una profunda cascada cuando esto pasó. Vino luego una profunda dejación de placer que se creyeron por un momento los únicos sobrevivientes de la tierra. Boca arriba miraron ahora la luna y no dudaron en ningún momento que allí habían estado cuando hacían el amor.

¿Sabes? No asumo un día sin ti, le dijo Josep mirando la luna que ya estaba pronto a ocultarse.

No digas eso mi amor, siempre estaré ahí cuidando de tus pasos y tus sueños.

Hace dos semanas tuve un sueño, le dijo Josep sin cambiar de posición. Estaba en un barco donde las aguas eran negras. Sobre ellas había una ciudad en ruinas. El mar estaba cubierto de hielo y todavía seguía cayendo una espesa nieve que caía en forma horizontal. Había voces volátiles y dispersas que rondaban el barco y otras estacionarias que querían abandonar el lugar, pero parecían encadenadas en el tiempo y en el espacio. Quise huir, busqué al capitán y los tripulantes pero no había nadie, siguió diciéndole. Amontoné mi cuerpo como una hoja seca en la proa del barco y quise llorar, salieron algunas lágrimas, eran secas ya no tenían vida. Miré el cielo, tenía una mancha negra que la atravesaba a lo largo hasta llegar a una luna que estaba muerta. Quise encontrar en ella algún rastro de vida pasada que me indicara que había sido feliz, pero solo logré ver en el tiempo una señal de dolor en mi corazón y en mis sueños. La ciudad en ruinas estaba desperdigada en todo lo ancho, no había nada de pie; entonces sentí miedo, grité pero mi grito se perdió en la estancia sin respuesta alguna. En algunos de mis bolsillos recordé que mi abuela me había dado un escapulario del Cristo crucificado y una oración del Ave María, pero ninguno hallé. Miré el cielo pero la mancha seguía cruzándolo de lado a lado y no me dejaba encontrar una respuesta a mis angustiados momentos. Entonces grité dónde estaba Dios, pero el silencio se hizo grande hasta creer que era una mitología inventada por el hombre por temor a la muerte, a lo mejor a la felicidad también.

Pero, ¿quién era para pensar lo que estaba pensando? Dejé ir esos pensamientos a otro lado y quise encontrarte en algún lugar, pero no te hallé. Miré el cielo y ahora la mancha negra abrió un espacio; y desde allí una voz me dijo que tú serías la madre de mi dolor, la mujer que le cambiaría el rumbo a mi vida.

Son solo sueños, mi amor, le dijo Heidi mirándole a los ojos y tocando su vientre que todavía permanecía caliente.

No divagues en imaginarios o en sueños, le dijo, al tiempo que deslizó suavemente su mano izquierda por su vientre. Ella llevó su mano entonces directamente al lugar que quería. Estaba húmedo y él pudo percibir la fresca fragancia del sexo y las contracciones que todavía hacía. Se miraron por un instante y en un acto de magia sus cuerpos se entrelazaron en uno solo formando un espiral ascendente hasta sentir que bajaban ejércitos de manos grandes.

Al otro día armaron sus anzuelos y sus redes de pesca. El primer pescado estuvo en manos de Heidi, era grande, y se resistió por un momento de salir del anzuelo. Los dos rieron y pensaron por un momento que de haber sido pescados le hubieran pedido una oportunidad de vivir, así que lo miraron con ojos diferentes y lo soltaron, y prefirieron comer los enlatados que les había empacado la noche anterior Araní, la madre de Josep.

La hoguera seguía ardiendo, y los grillos y el río seguía trayéndoles aquella sensación donde no importaba nada más que ellos.

¿Sabes?, le dijo él. No puedo asumir un día de vida sin ti cuando ya no estés a mi lado. Esto se lo dijo sin dejar de mirar la luna.

Yo también mi amor, sin duda la vida para mí no tendría sentido, le dijo ella abrazándolo y besándolo.

Llegó la noche y en esa posición durmieron hasta que los grillos con sus cantos estridentes los despertaron.

¿Sí ves lo que estoy mirando? Le preguntó Josep señalando al otro lado del río.

Sí, un venado

Josep era un experto cazador, era algunas de las cosas que había aprendido desde niño con su abuelo Ian Vínico en Italia donde había nacido hacia treinta y siete años. Cruzaron el río en la parte de arriba y allí armaron la trampa. Doblaron una rama fuerte y grande y sobre ella amarraron un travesaño en sentido vertical que descansaba sobre otra horizontal en el piso, y sobre la soga algunas bellotas y hongos frescos. Cuando el animal pisara el travesaño se dispararía enlazándolo. Se subieron al árbol más grande y alto y allí, con la escopeta armada por si la trampa fallaba, lo esperaron. Dos horas y media después sintieron las pisadas desprevenidas del animal. Trancaron la respiración por un momento y la soltaron cuando el venado pegó un bramido que espantó los pájaros que a esta hora dormían. Es una hembra y está preñada, dijo Heidi.

Qué hermosa, dijo Josep. Estaba asustada, tan asustada que seguía bramando a pesar que la habían bajado. Sin consenso alguno la soltaron, pero ella permaneció ahí hasta que emprendieron la marcha al pueblo.

Las calles del pueblo con las luces transparentes y sus amores trasnochados parecían vigilar los sueños de este pequeño pueblo donde todos se conocían entre sí, tanto que algunos decían soñaban los mismos sueños. Traían sus cabellos revueltos y sus cuerpos todavía estaban pegajosos por los besos y la maleza. Miraron la alfombra, todavía se sentía el olor de sus cuerpos también de los invitados. En el centro de la sala había un sillón que daba vista a la calle donde se deleitaban mirando cómo la noche se iba comiendo los últimos rayos del día, y cómo de inmediato los grillos pegados en sus ventanas empezaban a cantar aquellas melodías que los incitaba a la intimidad cada vez que los veían desnudos. Ella como siempre era la que empezaba el ritual mientras Josep la observaba a corta distancia. Empezó a soltar su pelo que estaba sujetado en la parte de arriba con una pinza cromada en oro que le había regalado la abuela de Heidi tres días antes de morir producto de una fiebre de amor. Josep se incorporó y la besó tan apasionadamente, que se dio cuenta que era la mujer que había estado esperando en las noches de inviernos cuando los grillos morían de soledad porque no tenían a quién cantarles, y los ríos no llevaban las espumas blancas a los mares porque no tenían la fuerza del amor. Rápidamente ella buscó sus oídos y su cuello, y sin dejar de buscar en sus manos fuentes de placer arañó su espalda, y convirtió su dolor en una fuente de placer cuando lo desnudó completamente. Heidi tenía el control y él lo sabía, era una especie de compromiso en silencios que se hacían grandes y ninguno de los dos podía impedir que el otro dejara de hacerlo. Josep tenía los ojos parecidos a las chicharras cuando están a punto de morir cantando, brillantes y con una luz de despedida al otro lado del túnel. Heidi se dio cuenta de eso y le produjo una sensación de dominio que pocas mujeres tienen a la hora de ser ellas la que tienen el control en momentos como estos. Estaba eufórica, tanto que sus manos tenían un pequeño temblor que se hacía más grande cuando le miraba sus ojos. Por un momento Heidi lo sostuvo sobre la pared cuando lo vio sin fuerzas, pero en vez de suspender sus manos le apretó sus caderas y desabrochó sus pantalones con tal vehemencia que se sintió invadido como si fuera una fuerza extraña. La pasión, este armario de cosas que se vuelven volcanes de fuego en los labios, en las palabras largas y cortas, en los patios de nuestros cuerpos que creíamos prohibidos, en los ojos del reprimido que suelta la camisa de su moral para dejar que lo invada sin importarle si ya no logra el cielo; del hombre como Josep que aferrado a la pared sostenido en los brazos de su amada sabía que este momento en medio de muchos encuentros era, sin duda alguna, el nunca vivido, el nunca esperado, pero que hoy en medio de todo era prisionero de los brazos y los besos de la mujer que conoció una noche en julio, cuando el sol encontró la luna. Y en medio de arreboles y manchas blancas y azules se juraron estar juntos hasta que alguien superior a ellos cambiaran sus destinos.

Estacionados en sus propósitos, los dos sabían en estos momentos que eran dueños de sus propios propósitos, por eso Josep suspiró profundo cuando lo tomó en sus manos y recorrió su lengua hasta llegar hasta al final. Suspiró profundo y luego un quejido traspasó el umbral de la luz tenue hasta llegar a la ventana donde siempre miraban la noche comerse la frágil luz del día. Heidi, ¿por qué me haces esto? Le preguntó mirando el cuadro desnudo, que un pintor amigo venido de un país lejano descubrió en su cuerpo la belleza empírica cuando la vio desnuda abrazada junto a él.

¿Por qué? Quedó esperando la respuesta mientras ella succionaba más y más. Cuando vio que sus delgados brazos ya no podían soportar su cuerpo sobre la pared lo dejó caer sobre la alfombra roja. Sobre la ventana, el búho que los dos habían criado desde pequeño los miraba, hoy tenía un ojo azul y otro blanco igual al primer día cuando los dos hicieron la promesa de no ser infieles.

Allí sentado en el puente que cruzaba el río después de entrar y salir de la casa vio cómo las espumas iban creciendo hasta llagar juntos con las aguas hasta las copas de los árboles, y cómo el barquito de papel que había tirado ahora se perdía en la distancia. En uno de sus bolsillos tenía la foto que se habían tomado el día de su primer encuentro íntimo. Era un día especial, era el día de los enamorados, así que se miraron a los ojos y en ese momento sin preámbulo alguno salieron corriendo fuera del pueblo. Cuando llegaron al puente colgante se dieron cuenta que estaban desnudos. Las aguas del río ese día estaban tranquilas y claras y hasta se podía ver los peces saltar casi hasta llegar a las barandas del puente. Cuando Josep la miró con los ojos llenos de deseos, se dio cuenta que ella era la otra parte que por tanto tiempo había esperado. Ella por su parte no entendía qué estaba pasando hoy, pues había tenido algunos novios pero jamás le había permitido que aventuraran sus manos por su cuerpo, porque su abuela Margaret siempre le decía que era como un edificio donde ella sola tenía las llaves. Pero era hoy la primera en tomar la iniciativa. Lo tomó del cuello y le buscó su lengua. Cuando la tuvo la succionó tanto que eso le produjo a Josep una sensación de placer tan grande que su timidez no la encontró en ningún lugar de su cuerpo. Ella se dio cuenta de eso cuando empezó acariciarle sus duros y redondos senos al tiempo que le besaba el cuello y metía su lengua larga y gruesa en sus oídos. Cuando tenía el pezón en su boca la miró, entonces entendió que le permitía ir más allá de sus imaginarios y fue cuando le dijo: te quiero hacer mía Heidi.

Soy virgen, le dijo.

Sí, lo sé.

¿Por qué lo sabes? Le preguntó Josep sin dejar de mirar su pubis rosado y húmedo le respondió: Por el olor característico de las mujeres vírgenes.

¿Eres virgen también? Le preguntó Heidi sin soltarse de las barandas del puente en medio del calor que le invadía.

No, la perdí cuando tenía quince años años

¿Con quién? Le preguntó Heidi ya a punto de terminar doblada sobre las tablas frías del puente. Con una mujer de cincuenta años llamada Rachel. Luego me la cuentas, le dijo. Cuando Heidi terminó doblada en las tablas del puente, un pescado saltó sobre ellas, pero en medio de lo que ya estaba a punto de pasar Heidi lo devolvió al río. Era una condición especial tan humana que lo había heredado de su abuela Margaret desde que tenía siete años. Ahora cuando los dos lograron mirarse con los ojos destellantes de pasión, supieron que eran hojas sueltas que ya no les importaba si regresaba a la tierra, o si después con el tiempo tendrían que regresar a este mismo lugar y llorar con lágrimas de sangre cualquier error por sus emociones banales. Heidi le dijo: no hagas nada, yo lo hago. Entonces Josep se acostó boca arriba y empezó con el pie izquierdo a chuparle el dedo menor hasta terminar con el otro pie del dedo derecho. Cuando terminó empezó a besarlo en un acto desesperado hasta llegar donde quería llegar. Cuando llegó se agarró de la baranda del puente y empezó a sentir algo que jamás había sentido, tanto que pensó que ya no estaba en el puente porque sintió que su cuerpo no le pertenecía, que era dueño de la mujer que cada vez que le miraba a los ojos la veía como un ser que había venido a lo mejor de otro mundo diferente para volverlo su esclavo sexual. Espera, le dijo Josep como queriendo saber si todavía era el hombre que tenía control de sus emociones, pero cuando le miró a los ojos se dio cuenta que ya no se podía desprender de su esclavitud, entonces dejó que el movimiento del puente lo llevara hasta el final donde ella quería llegar. Heidi ya lo sabía de antemano, así que solidaridad no iba a encontrar hasta que el puente dejara de moverse.

¿Por qué me haces esto?, le preguntó. Pero no encontró respuestas, pues también tenía los ojos blancos como las espumas del río y solo esperaba que algo en su interior se derritiera para liberar la pesadez de su cuerpo y sus nostálgicos sueños. Cuando llegaron al otro lado, el puente se sacudió tan fuerte pero ya no les importó que sucumbiera y acabaran en las piedras blancas del río.

Dónde estamos? Le preguntó Josep cuando sintió que viajaba en un barco donde no tenía el control. A lo lejos escuchó su voz como si saliera en un sifón oscuro a punto de explotar: en un lugar donde nadie te liberará de mis demonios, le dijo. Entonces dejó que su cuerpo y su alma fuera devorado por las llamas de la pasión de los demonios de Heidi. Pues, así quisiera, ya no podía detenerla, porque en algún lugar de arenas secas estaba escrito que este momento sería único en sus vidas. Cuando los dos pensaron que todo había terminado un calor empezó a caminar sobre sus cuerpos, y de nuevo sus manos se enredaron en profundas raíces buscando en el árbol de las pasiones aquello que los enloquecían, y los hacían ver frente al río como dos seres múltiples que habían nacido para darse lo que les pertenecían, a esto le llamaban cuando se embriagaban de placer "música amor sin control alguno". Entonces sin cerrar los ojos miraron la orilla del puente, habían algunas hojas secas que en ese momento volaron por encima de los árboles y se quedaron por un momento allí hasta que descendieron al río envueltas en espumas blancas. Se miraron a los ojos y tenían los ojos brillantes como siempre cuando los dos sabían lo que querían. Heidi le dijo que tenía una fantasía por cumplir, que quería hacer el amor en un río lleno de espumas frente a la luna, para que ese momento único al abrir la ventana de sus recuerdos la magia versátil y eterna de esos momentos siempre estuviera creciendo en su ausencia. Bajaron del puente y había un lugar exacto en el centro del río. Una piedra blanca era bañada por las espumas del río cada vez que las olas eran más grandes. Mientras la luna llegaba le confesó que una noche había tenido otro sueño donde un hombre caminaba descalzo por una ciudad donde una mujer se le había comido parte de su vida. En esa ciudad se había vuelto viejo buscando a su esposa para matarla por infidelidad. Cargaba un cuchillo y una soga en su bolsillo y un manual de torturas. De por cierto ya tenía en ella el nudo ciego en la parte final y el manual de torturas aprendido de memoria. Todos los días afilaba el cuchillo por los dos lados porque pensaba que el tiempo le quitaba el filo. También todos los días iba a la iglesia y recibía la ostia en el cuchillo de parte del cura Reis. Un día el cura lo citó al confesonario después de la última misa del gallo para que hablaran de hombre a hombre. El hombre llegó puntual con su cuchillo y la soga, también con una escopeta, le dijo. El cura enrollando su bufanda en su cuello antes de escucharlo le dijo: Mátala. Entonces guardó el cuchillo en la funda de cuero de res y salió corriendo donde suponía todavía se encontraba. Llegó al edificio y desenfundó el cuchillo. Lo llevó a su nariz y de inmediato sintió el olor a sangre. Sus ojos estaban rojos y su mano derecha donde apretaba el cuchillo empezó a sudar. Con la mano izquierda metió la llave en el cerrojo y en ese instante mientras ideó la manera de matarlos. La imaginó con la boca abierta dejando escapar sonidos guturales de placer como siempre lo hacía, y él enroscado en su cuerpo comiéndosele también los sonidos guturales. Lo primero que haré será atarlos, les sacaré los ojos, les rebanaré el cuello y por último les volaré la cabeza en mil pedazos con la escopeta. Esto lo pensó con los ojos bien cerrados contando tres pasos mientras abría la puerta con la boca con sabor a sangre, continúo diciéndole. Cuando abrió los ojos, los cuerpos estaban pálidos, cubiertos bajo la sombra de la muerte en el primer piso. Entonces guardó el cuchillo y bajó rápido las escaleras sin que sintiera ahora el sabor a sangre y dolor en las rodillas por la artritis. A lo lejos escuchó que la gente se amotinaba y decían: Era una muerte anunciada. En ese momento por alguna condición especial se sintió un ave que volaba a un lugar lejos de las traiciones en la tierra.

Qué triste historia, le dijo ella. Sí, muy triste, pues este sueño se repitió por tres noches seguidas, hasta el punto que fui donde el cura Reis. Pero no se asombró, pareciera que ya lo había soñado.

Son solo sueños, mi amor, le dijo ella como siempre le decía.

La luna ahora estaba de frente. Ellos estaban en la piedra blanca en el centro del río. Las espumas blancas fueron cubriendo sus cuerpos y se fueron dejando llevar por ellas hasta que pasó la noche y los sorprendió la alborada del día. Mirándole a los ojos por un largo rato le dijo: Mira la luna que está a punto de ocultarse y el sol que empieza a cubrir las montañas.

Sí, la estoy viendo.

¿Qué me quieres decir, amor?

Hay muchos barcos solos y tristes que no llegan a sus puertos, luces que están a punto de apagarse, calles que nadie las camina porque no encuentran la salida, caminos llenos de soledad esperando puentes para cruzar al otro lado del río. Heidi lo miró con ojos más grandes que los suyos, lo abrazó tanto que pensó que le quebraba los huesos flacos y hasta quiso comérsele la lengua cuando la tuvo en su boca y le dijo: No va a pasar por fuerte que sean los vientos, no va a pasar, mi amor, le dijo.

¿Lo prometes entre riales y cascadas, entre mares enfurecidos y protestas enfurecidas de nuestras emociones, cuando alguien piense tener las llaves de nuestros cuerpos y nuestros edificios, como te decía tu abuela?

Te lo prometo mil veces mi amor, no va a pasa, no va a pasar.

Estos eran parte de algunos recuerdos que lo ataban al pasado y que no podía digerir mientras contemplaba una foto que se había vuelto viral en su memoria.

Un día recorrió las calles de su pueblo, no eran las mismas calles que lo habían visto crecer, tampoco donde se había casado con la mujer que le había dicho hasta el cansancio que lo amaba más allá de la vida y de la muerte. Llegó a la iglesia y allí encontró al cura Reis Antonini, también de origen italiano, fornicando con la monja Arrázola en el confesionario. Sentado en una de las sillas se arrodilló y le pidió al Cristo crucificado que le perdonara por lo que iba hacer, pero que era la única forma de sacarse los demonios que llevaba dentro. Cuando salió el cura Reis sudoroso y la monja todavía con los ojos exaltados por la emoción, le dijo: ¿por qué a ésta hora Josep? Tengo el demonio adentro y aunque eres un pecador igual que yo, quiero que rocíe de agua bendita esta escopeta que me dio mi abuelo Ian antes de morir de fiebre amarilla cuando vino de la guerra. Antes de llegar aquí consulté con los vacíos de mi corazón, también con las albercas llenas de razones y concluí que no hay otro camino, más que este. De camino también me encontré al teniente Alcántaras y me dio esta pistola.

Qué cosa con el teniente de regalar armas.

¿Por qué lo dices?, le preguntó un poco asombrado.

A mí me regaló también el mismo tipo de pistola no hace mucho, por si mi amante me llegara a engañar un día.

¿Y quién es tu amante?

Ay, no se haga el pendejo, que todo el pueblo lo sabe.

¿Y el de arriba también?, le peguntó sin asombro.

Espero que todo no, pues él también tiene sus buenos guardados con la Magdalena, ¿no?, preguntó el cura.

Sí, le he bendecido tres veces la pistola, pero prometí por este Cristo crucificado que no más, no quiero tener más cruces encima.

Es decir, ¿ha matado a tres de sus amantes?

Creo que sí, porque por aquí en el confesionario no han vuelto, tampoco en el pueblo. Supe por el noticiero del medio día que habían encontrado un muerto debajo del puente del río güera sin testículos y sin lo de abajo, pero de los otros no porque él mismo se encargó de que cambiaran al inspector. También en complicidad del alcalde y los políticos regionales y el líder del partido de gobierno construyeron la represa de Ituando para enterrar estos muertos y los otros muertos de la guerra.

Claro, por obvias razones, ¿no?

Desde luego, tú sabes cómo se maneja la justicia, recalcó el cura.

¿Y puedes decirme qué le contó el teniente Alcántaras?

No, no puedo, es parte de la confesión y sería un sacrilegio.

¿Acaso es menor de lo que has hecho? ¿Seguir tirando en la iglesia y en el mismo confesionario con la monja Arrázola?

Me estas poniendo contra las cuerdas, hijo, y eso no está bien.

¿Sabes, padre? Cuando contamos nuestros pecados a otros pecadores más pecadores que nosotros podemos encontrarnos en balanzas iguales y perdonarnos. Pero eso sí, conste que soy menos pecador que tú, le dijo.

Eso no se sabe, hijo mío.

¿Y cuándo lo sabemos, padre? Le preguntó acordándose de alguno de esos que no se dicen pero que se saben.

Cuando se fríen las últimas empanadas se ve qué manteca queda en la paila, como decía mi abuela, contestó.

Ahora los tres rieron a sabiendas de que cada uno de ellos tenía sus propias empanadas en aceites calientes.

Está bien, pero luego me cuentas, aunque sea una tuya, le respondió.

A lo mejor no tengo necesidad de contártela porque pueblo pequeño infierno grande, le contestó el cura Reis. Ahora los tres rieron porque en el fondo sabían que eran seres superficiales y vacíos de fe.

Supe que el teniente era gay cuando lo vi por primera vez; porque no traía la pistola en el lado izquierdo; la traía en el lado derecho, en el bolsillo de atrás y sin funda.

¿Pero eso qué tiene que ver, padre Reis? Pues aparentemente nada, pero miré que el bolsillo estaba roto hacia adentro y mantenía la punta de la pistola untada hasta la cacha con manteca de cerdo, y por el caminado que traía. Y a pesar de que tenía el pecho peludo, la voz gruesa y cómo caminaba como si tuviera una alverja apretada en el ojo del culo, no fue difícil identificarlo. Igualito al cardenal francés Chandler, que sin tomarse los primeros vinos añejos me contó que un contertulio suyo se empelotaba en un cuarto oscuro y se hacía cosas por donde sabemos antes de dar la misa. Pero lo curioso de este cardenal era que cerraba las puertas y cortinas de la habitación, apagaba las luces y se encerraba por tres días o más hasta que consumía el olor de la mierda. Josep soltó una risa tan fuerte que movió el Cristo crucificado bañado de dolor y sangre.

¿Qué más cosas hay en ese mundo que los feligreses de afuera no sabemos?, le preguntó acariciando la escopeta.

Basta ya de preguntas, que si tuviera que empezar a responder por las tuyas sería el primero en ir a la hoguera, le dijo Reis.

Y dando vueltas en la hoguera como un pollo, le dijo la monja. Rieron de nuevo hasta que la monja sintió salir gotas de orines.

El padre Reis lo invitó fuera del lugar para que no lo escuchara el Cristo crucificado por vergüenza, y no tanto por esto sino para que a la hora del juicio tuviera un poco de compasión.

En la habitación media oscura, los tres sentados en medio de cirios con las ventanas cerradas, el padre sin retirar la mano de las piernas blancas y lisas de la monja les contó esta corta historia que lo había marcado desde el primer momento en que pisó los atrios de la iglesia.

Era media noche cuando llegó el teniente. Traía los ojos perdidos y con las manos temblorosas. En la mano derecha traía la pistola Glock 43 9mm. llena de manteca de cerdo y con el pelo alborotado. Golpeó la puerta y al verlo comprendí que traía el demonio adentro.

¿Y saben? Sus ojos los tenía extraviados y las manos temblorosas, también su respiración estaba entre cortada, casi que podría decir estaba al borde de un infarto.

¿En qué te puedo ayudar, hijo mío?, le dije al tiempo que lo invité a seguir, no al cuarto donde estaba esta mujer que a veces me deja sin aliento cuando me hace esas cosas de diabla que solo sabe hacer, sino al confesionario. La monja ahora acentuó sus palabras moviendo la cabeza.

¿Y qué pasó? Le preguntó Josep, mandando tres salivas espesas que tenía acumuladas también desde que llegó a la iglesia.

Ya en el confesionario me dijo que era tarde cuando saltó por la ventana, continúo diciéndole.

¿Quién? Le preguntó Josep.

Pues el amante del teniente Alcántaras.

¿Y para dónde iba?

Lo siguió y no necesitó golpear la puerta, el alcalde se la había dejado abierta.

A ver, despacio.

¿El alcalde es gay también?

Sí, de pies a cabeza. Ya quedamos pocos machos en este pueblo, y no se fije nunca por la voz ni porque tengan el pecho peludo.

De nuevo rieron hasta sentir que tenían la boca llena de espuma.

Así que esperó hasta la media noche cuando lo vio saltar con la misma destreza cuando lo hiso con la suya. Fue ahí mismo detrás del árbol grande de ceiba que le da mitad de sombra al parque cuando de verdad se le calentó la sangre.

¿Y quién era el amante del alcalde?

El acólito.

¿Tu acólito?

Sí, el mismito; y también tenía el pecho peludo y ronca la voz.

¿Y qué pasó?

Pues lo siguió y a tres cuadras antes de llegar a la iglesia le disparó con la pistola de silenciador y lo arrastró hasta el caño que desemboca al río Güera todavía moribundo. Allí me dijo que le había cortado las pelotas y el pene con el cuchillo que rajaba los pizcos para navidad, y le había atarugado en la jeta todo eso a pesar de que le pedía con inclemencia que le perdonara, que era la primera vez que le era infiel. Pero me dijo que lo miró con odio y luego le enterró varias puñaladas en diferentes partes del cuerpo hasta que le vio los ojos oscuros.

¿Y le preguntó por qué le fue infiel? Antes de meterle la última puñalada y estar seguro de que estaba en el corazón se la batió varias veces, pero el acólito Roa ya estaba agonizando y no tuvo tiempo de responderle.

¿Y piensa que si le hubiera preguntado antes de batirle el cuchillo le hubiera perdonado?

Creo que no, porque esta historia fue igual para los otros dos.

Josep quiso abrir las cortinas del cuarto como queriendo encontrar ángulos abiertos por si esto mismo llegara a pasar, pero luego las cerró sin saber por qué, a lo mejor ya estaba cocinado para la escena de su propio crimen.

El padre se levantó del sillón dejando descubierto donde tenía las manos, pero ya no había caso, no importaba. Josep en medio de la tibia oscuridad miró la monja Arrázola y pudo ver su pubis rosado que hacía algunas contracciones tan rápidas que le pareció inoportunos seguirla mirando.

¿Y por qué la vas a matar? Le preguntó la monja.

¿Acaso sabes a quién?

Todo lo sabemos, menos ella y el hijo del alcalde, le dijo el cura apresurándose a la respuesta de su amante.

¿Acaso es una muerte anunciada? Le preguntó Josep.

Sí, lo sabe todo el pueblo, le contestó el cura.

¿Incluido el alcalde y el teniente?

Hasta donde sé, su padre no, pero vaya a saber el diablo si lo sabe también.

¿Quién es el pendejo que sabiendo que lo van a matar se queda mirando las estrellas o se va a mirar ballenas?

Desde luego, nadie, volvió a repetir el cura tomándose el último vasado de chicha fuerte que le había traído Baudelino Tapiero, el único indio desplazado que había logrado sobrevivir a la matanza de los paramilitares del bajo Patía.

¿Y lo mataría también a él? Le preguntó la monja.

Pues él no está en la muerte anunciada ni en mis pensamientos tampoco.

Pero queriendo encontrar una respuesta la monja le preguntó a Josep.

¿Lo mataría así no esté en la muerte anunciada ni en sus pensamientos?

No lo sé, cuando se fríen las ultimas empanadas se ve qué manteca queda, le respondió.

¿Cuál es la diferencia? Le preguntó la monja ahora con las dos manos allá donde todos sabemos que se forman las calenturas.

El padre la miró y le apagó los ojos, y él recordó una de las primeras leyes del mandamiento: No matarás.

Espero matarla solo a ella, y que el demonio que llevo por dentro no se multiplique, les dijo.

¿Has matado a alguien, padre? Le preguntó con la voz calmada, pero también esperando la respuesta que quería escuchar. A lo mejor para multiplicar sus imaginarios a la hora de matarla, a lo mejor abandonaría la idea de la escopeta y la pistola y el cuchillo afilado por ambos lados que también le había dado el teniente Alcántaras con que despresaba los pavos. El padre guardó silencio y volteó la mirada. Luego caminó rápido. Abrió las cortinas y luego las cerró con fuerza. Clavó la cabeza entre las piernas de la monja y luego se levantó y golpeó la pared hasta sangrar sus dos manos. Sus ojos estaban rojos y luego soltó un grito queriendo matar a lo mejor su voz para no escucharla de nuevo, pero siguió gritando hasta que se sintió débil. La monja lo abrazó y le dijo: ya nada puede hacer por los muertos, solo seguir viviendo hasta que las campanas pregunten por ti. Mientras tanto siga disfrutando de mi carne, que es pecado fresco. El cura Reis la miró, la abrazó y le dijo: No sé qué haría sin ti, mi bello demonio.

Josep que solo había matado venados y ardillas, no asimilaba todo esto, pero pronto sería un asesino jamás imaginado, igual que paramilitares y políticos que él conocía y que habían desterrado y asesinado por montones a campesinos indefensos.

Antes de salir se le asomó un pensamiento que tenía en remojo y le preguntó: ¿Cómo sería la mejor forma de matarla?

La monja quiso decir algo, pero de nuevo el padre Reis la miró y le dijo: déjame ir todavía a otro lado diferente a pesar de mis pecados.

Ella lo miró y comprendió sus palabras, aunque en sus adentros asumió que igual es pecador el que da la manzana al que se la come.

¿Te has leído "Manual de torturas"? Le preguntó el cura.

No, ¿de qué habla el manual?

Ese manual es tan viejo como la inquisición y practicada en tiempos modernos por el ejército americano y retomado por algunos países de América latina y por los nazis en el exterminio de los judíos.

En mil novecientos noventa y seis, siete polémicos manuales de entrenamiento militar fueron desclasificados por el pentágono para ser practicados en contrainsurgencia en todos los países, y luego tomados por los paramilitares de nuestro país.

¿Y de qué trataban? Le preguntó con agenda en mano listo para tomar nota. En total se desclasificaron treinta y un suplicios crueles hasta donde tengo conocimientos. Claro, puede haber muchísimos más, vaya a saber uno. Entre estos había estrangulamientos, mutilaciones, electrocuciones, ahogamientos, violencia sexual y perturbación sicológica y síquica. Las herramientas para infligir sufrimientos y dolor incluían: esposas, lazos, cabuyas y alambres para atar a las víctimas; vendas, trapos, y toallas para impedir su visión, y también cuchillos, machetes y motosierras.

¿Puedes ser más explícito? Le sugirió.

La bolsa de jabón consiste en ponerle a la víctima una bolsa con detergente en la cabeza y el rostro y cerrar con fuerza dicha bolsa hasta bloquear las vías respiratorias.

La toalla con sal para ganado consiste en mojar una toalla con sal, ponérsela a la víctima sobre los ojos, la nariz y la boca y apretar hasta propiciarle asfixia, vomito y quemazón en las fosas nasales.

¿Hay otra? Le preguntó Josep sin dejar de tomar atenta nota.

Otras más, le respondió, a lo mejor armando en sus recuerdos algo que solo él y ella sabían.

La soga al cuello se le amarra las manos y el cuello de la víctima con una soga y se le obliga a caminar largas distancias, antes de colgarla a un árbol hasta que se muera como consecuencia del ahorcamiento.

Está también la del submarino, le dijo.

¿Quieres saber?

Sí, desde luego, le respondió.

Se amarra la victima a una silla y se inclina hasta sumergirle la cabeza en un balde lleno con agua y sal. También se habla de golizas en la boca con puños o la boquilla de un fusil hasta tumbarle la dentadura a la víctima.

Hay otros capítulos. ¿Te gustaría saber? Le preguntó sin vacilar

Sí, le respondió sin temblar el pulso en las notas. Reis y Arrázola vieron a este hombre con una emoción tan grande que le era difícil ocultar mientras escribía.

Las mutilaciones de las orejas, de los órganos sexuales o en la cabeza. Este último consiste en cortar con machete o cuchillas la parte externa de la cabeza de la víctima hasta raparla o desprender parte del cuero cabelludo. El desmembramiento es la más cruel de todas pues son desmembrados vivos. Cuando escuchó esto su semblante cambió y se levantó y abrió y las cortinas. Luego las cerró como queriendo Dios no le adivinara lo que estaba pensando.

No, Josep, no.

¿Qué estás pensando?

Si es lo que estoy pensando, no más.

Está bien padre, te lo prometo.

Las descargas eléctricas es atar la víctima y sumergirla en una bañera y luego trasmitirle corriente eléctrica.

La perturbación sicológica es el encierro, el aislamiento, la privación del sueño, las humillaciones en público y los trabajos forzados.

La orina paramilitar consiste en poner a la víctima por días en un hueco con la cabeza por fuera, y allí se les orina. La monja pensaba que lo conocía lo suficiente, per al escuchar todo esto guardó en un rincón oscuro el pensamiento que a veces se le cruzaba de tener sexo con el cerrajero de pueblo, que según habladurías le llamaban el burro, no por ser un verraco trabajador, sino por lo otro.

La privacidad del sueño se amarra la victima a un árbol o a un poste, y se obliga a ingerir alcohol hasta perder la conciencia y, bajo estas condiciones, privarlas por varios días de sueño.

Pero para resumirle, a estas se combinaban estrangulaciones, mutilaciones, y golpizas; encierros, violencia sexual sin importar el género; hay otras más que llenaría tu cuaderno de notas. Ahora Josep con los brazos abiertos los abrazó y una y otra vez le dijo: Gracias, muchas gracias. Luego Reis le dijo: ¿Me hiciste una promesa, la vas a cumplir? Esa tortura no estará bien. Así que la tachó como alivio para Reis.

Padre, ¿te han sido infiel alguna vez?

Que yo sepa, no. Y de inmediato flechó la mirada a su amante; y antes que él siguiera cavilando imaginarios le dijo: Jamás. Sé de lo que eres capaz y no por lo que puedas hacer es quién soy. ¿O acaso se le está olvidando que fuiste el primero que me jodiste la vaina en el confesionario, cuando tenía dieciocho años? El cura Reis acentuó la cabeza en signo de aprobación.

Padre, quiero matarla y quitarme todo esto que no me deja respirar, le dijo.

¿Sabes? Ha sido esto tan difícil que ya no duermo, y llevo tres días alimentándome del odio que producen estos pensamientos que se han vuelto casas grandes donde habitan manos grandes armadas de todo menos de amor.

Te comprendo hijo, pero matar no está bien. ¿Por qué no la dejas vivir hasta que se le caiga la piel de vieja para que sufra por lo que te hizo?

Y mientras tanto, ¿qué pasará conmigo? Le respondió.

¿Me comprendes? Le dijo queriendo poner en él la respuesta... El padre guardó silencio y luego le dijo: y saber que todos saben que le fue infiel, pero algo más Josep.

¿Qué, padre? Todos saben que los va a matar menos ellos. Y mira Josep que no fui capaz de bendecir los venenos, tampoco los cuchillos ni mucho menos las pistolas con que pensaban o piensan asesinarte. Hasta un maleficio para que no se le volviera a parar, pero dije no.

¿Por qué no lo hiciste? No soy tan malo como piensan los conservadores, lo único malo es que uso mi casulla, la dalmática, el alba, el hábito, el amito, la estola, el cíngulo, y otras cosas más mientras le hago el amor a esta mujer que fue con quien perdí también la virginidad. La monja Arrásala que estaba a lo mejor con sus pensamientos elevados le dijo: Pero dígale que yo la perdí contigo también, le dijo.

Deja de lamentarte mujer que bien que sí la pasaste, le dijo con cierta morbosidad que no pudo ocultar.

Ahora el padre Reis colgó el alba, aquella prenda blanca de lino larga que utilizan en los ritos cristianos junto a la capa de la monja.

Padre, ya es tarde, es hora e irme y dejar que ustedes le den fiesta a sus perversiones. Ya hemos puesto los granos en el mismo plato.

Solo te pido que bendiga todo lo que traigo incluyendo la soga, es posible que otras formas diferentes se den, mirando la nota del manual de torturas, y tenga que de nuevo venir.

No puedo hacerlo, no puedo bendecir lo que traes sabiendo que vas a matar a un semejante, me convertiría en cómplice y no podría vivir con esa culpa por el resto de mi vida.

Pero ya eres cómplice. Igual si te van a joder allá arriba por uno, dos o tres, ¿no es igual por otro u otros más? ¿O es que hay un infierno menos o más para unos que para otros? Le dijo.

No lo es, no lo hay. Solo sé que no quiero morir para saber qué es el infierno. Esto se lo dijo con un aire de querer que Josep lo entendiera. ¿Pero sí puedes vivir a sabiendas con lo que has hecho y sin duda seguirás haciendo mientras viva en el confesionario?

¿Quién eres de verdad? ¿A quién o a quiénes puedes engañar como el salvador después de la muerte para que gocen de una vida eterna? A otros, no a mí. Sin darle tregua sacó el espejo que le había regalado la negra Zunilde el día de su casamiento y se lo puso al frente. El cura quedó pasmado al mirarse. Sí, no era otro más que lo que veía en el espejo, un pobre diablo disfrazado de salvador y de oveja pero con cuernos de diablo. Josep al verlo desencajado no tuvo compasión y arremetió como un buen conocedor de la sicología interpersonal.

¿Pero sí puedes callar las masacres que a diario suelen pasar en los corredores del pueblo cuando es tu obligación divulgarlas y descomulgar a todos aquellos que la cometen? ¿No recuerdas, acaso, el día en que los indios Ika, Iku, o bintukua, llamados comúnmente arhuacos, caminaron cientos de miles de millas desde la sierra nevada de Santa Marta para llegar aquí con un cadáver ya descompuesto para que le diera los santos olios, y te negaste porque allí estaba el jefe paramilitar adepto al presidente de la mal llamada seguridad democrática?

¿Con qué memoria contamos a la hora de ser para nosotros lo que negamos para otros sin sentir la sangre correr en nuestras venas? ¿O para qué me distes el manual de torturas? ¿Para que lo enmarque en los odios de venganza y les rece todos los días arrodillado?

Me pones en una situación difícil Josep, le dijo. Entonces caminó al frente del Cristo crucificado y le rezó de tal manera que nadie le escuchó. Cuando se levantó tenía lágrimas en los ojos. Su amante nunca lo había visto llorar, ni para el día que tuvo que abortar cuando en una visita con tres días de anticipación los visitó el cardenal Rolando Erguiere con intenciones que lo apoyara con la comunidad en la reelección de un presidente con tintes paramilitares, y a recoger las gallinas y los cerdos, y el dinero donado por los feligreses que sin duda irían a las arcas del pontificado. Luego se dirigió al lugar donde tenía el agua bendita y no solamente bendijo las armas, el cuchillo y la soga, sino que le roció las notas de torturas y el cuerpo entero.

Dios te lleve con bien, rezaré por ti y a quienes vas a matar. Cuando ya había caminado media cuadra se devolvió y le entregó el escapulario tejido en hilos finos que le había regalado el día del casorio.

Déjalo, te lo di; además está bendecido.

No, no lo necesito, con él no voy a matar, además no lo voy a merecer después de la media noche. Ahora la monja lo miró queriendo encontrar la respuesta a la pregunta que tenía guardada desde que llegó.

Josep, ¿cómo supo todo esto y desde cuándo? Le preguntó arreglándose el peinado de medio lado que se había hecho tres días antes cuando estrenó las tangas que el cura le había comprado en el mercado de las pulgas. Josep respiró profundo una vez, pero cuando ellos pensaron que había terminado volvió a respirar por tres veces consecutivas como queriendo a lo mejor encontrar en ellas lo que había perdido: La fe y la esperanza de ser quien había sido antes de conocerla, un hombre sin dolor y lleno de alegrías.

Después del casamiento donde estaba el leñador, el que le brillaba los zapatos al alcalde, el teniente, el hijo del alcalde y ustedes mismos. Ese día saltamos la ventana y salimos al río güeras. Allí permanecimos tres días. Al regreso en la mañana, la negra Zunilde Riaño, al servirnos el desayuno, noté que no me miraba a los ojos. Como a la una de la mañana la escuché llorar de una manera continua. Miré a Heidi y estaba dormida. Caminé a su habitación y tenía la ventana abierta que divisaba el jardín.

Zunilde, ¿por qué lloras mi negra hermosa? Le pregunté. De inmediato me abrazó como nunca lo había hecho y este fue el cruel relato por lo cual hoy estoy aquí y los quiero matar con el cuchillo, con la escopeta, la pistola, la soga y con todo el manual de torturas si es posible. Y si me quemo en el infierno por la eternidad del tiempo no me importa, solo quiero liberarme de la pesadez de estos sentimientos y pensamientos que me quieren enterrar vivo. En este momento la monja Arrázola sacó las manos donde las tenía y clavó los ojos en los de Josep que eran como bolas de fuego.

Josep, perdóname por no habértelo dicho antes, pero cuando estamos enamorados no vemos más allá de nuestros ojos porque todo se lo dejamos al corazón y no a la razón; tenía temor que no me creyeras, también por las amenazas de muerte que me hicieron, me dijo con su voz turbia.

Zunilde abrió la otra ventana. Todavía no dejaba de caer agua y con un viento que amenazaba con llevarse el dormitorio de Luna, la perra. Miré el árbol grande en el patio donde noches enteras había pasado con Heidi contando las estrellas y creyéndonos los únicos sobrevivientes en un mundo donde todo podría pasar, menos estar montado en el barco de la infidelidad

Zunilde, ¿qué tienes para decirme? Le pregunté poniendo mi mano derecha sobre su hombro izquierdo.

Noté que sus manos estaban temblando. Entonces las tomé en mis manos y la abracé de igual tiempo que ella lo había hecho mirando la ventana.

Los amo a ustedes; he estado aquí en esta casa por años viéndolos cómo amasan cada día la tierra del amor para seguir cultivando ese juramento que hicieron el día que se casaron. Si mal no recuerdo y si la memoria no me falla tuve que alisarle el peinado de vaca horizontal antes de llegar a la iglesia.

¿Lo recuerdas?

Sí, como no recordarlo, mi negra Zunilde, le dije. Sin soltarnos de las manos hubo un silencio que luego rompió con el sollozo. La abracé y le dije: Te amo, mi negra, no llores.

Cuéntame, le dije.

¿Pero me prometes que no le harás daño? Me preguntó con ingenuidad.

No te lo prometo, sino puedo vivir con lo que me digas la mataré hasta ver sus ojos verdes transformados en barcos negros en la deriva del mar pidiéndome perdón, le respondí.

Ay, mi señor, ¿por qué pasan estas cosas?

Hubieron hechos que siguen desequilibrando mi alma. Fue el día que te graduaste con ella en ciencias políticas. Cuando llegaron eran las doce de la noche. Les tenía pavo de cena y allí estaba su mejor amigo Ita Manzur, tú y Heidi en la mesa. Esa noche bebiste mucho, mi señor, y por momentos se quedaba dormido hablando. La señorita Heidi me dijo que le trajera un vaso con agua. Cuando sacó del bolso una especie de flor blanca con olor esquisto le pregunté qué era eso. Me dijo que era un té para que el guayabo al otro día no le diera duro. Al escuchar que a lo mejor era Ita quien había salido subí sin hacer ruido. Tu mi señor estaba en el dormitorio solo con las pupilas dilatadas, pero me pareció normal por la borrachera que tenía. De camino al cuarto piso encontré sus ropas una por una en la escalera. Ita la tenía recostada sobre la pared y con fuertes movimientos parecía que le fuera a quebrar las caderas. Luego la hizo girar con la cara sobre la pared tomándola del pelo le decía: Eres mía. Pronto los vi caer al piso y allí mientras me alejaba rápido se decían cosas vulgares que no puedo decirte. Esa noche no dormí, lloré y lloré hasta que ya no me quedaron lágrimas. Jamás pensé que mi niña tuviera corazón de hacerte tal cosa. En ese momento sentí que algo de mí se escapaba, y sin duda eran las fuerzas porque no resistí seguir de pie. Un calor grande entró en mi cara y luego mis manos entraron en temblor. Zunilde entendió mi estado y me llevó a la habitación. Me trajo algo caliente y estuvo conmigo hasta que me vio mejor. Cuando ya iba a salir le dije que si eso era todo, entonces me miró con infinita tristeza y otras lágrimas salieron.

No, mi señor.

Dímelo todo, no importa lo que pase hoy, no

quiero tener imaginarios solamente, le dije incorporándome un poco lento de la cama. Entonces volvimos a la ventana, en ese momento empezó a caer un aguacero tan fuerte con truenos y relámpagos que Luna no hallaba donde meterse.

El segundo episodio fue el día de su casamiento, continuó diciéndome. Antes de saltar por la ventana el día que se fueron al río, ¿recuerda que me dijiste que le llevara la manta nueva que le habían comprado a Luna? ¿Lo recuerda? Sí, lo recuerdo, le dije. Pues bien, continuó diciendo. Yo me había tomado unos vinos en el brindis y estaba medio atontada, así que no encontré el botón en la pared y tropecé con Luna cuando latió. Me asusté pero seguí buscando el botón y caminé en esa dirección al cuarto de san alejo y escuché quejidos; eran tan agudos que pensé que algo grave allí estaba pasando. Puse los oídos y ahí sí los escuché clarito cuando Ita le dijo, eres la puta más arrecha de todas las putas. Ya casi me hace llegar al infierno golosa. Parecía que de verdad se la quería comer viva porque su respiración salía como si fuera de un cántaro con poco oxígeno. Luego escuché que de nuevo le dijo: Te voy azotar el culo, y sí, tal vez sus manos estaban entreabiertas, porque sonaban igualitas a las campanas cuando las tocaba el acólito del cura Reis antes de matarlo el teniente Alcántaras. Cuando subí Luna empezó a latirme y a mover la cola. Corría en dirección a las escaleras y luego se devolvía; temerosa le dije: Señorita, vas a espantar los invitados caramba. Cuando la señorita Heidi llegó traía el vestido arrugado y el pelo un poco alborotado. El señor Ita no traía el chaleco gris. Entonces bajé al sótano y estaba en el cuarto de san alejo. Lo primero que percibí fue un olor característico que tú ya sabes, pero encontré fuera de papel higiénico esto, me dijo entregándome un papel arrugado que en siete palabras decía: "Este vivo ya huele a muerto añejo". Después del tercer hecho fue que asocié el mensaje. Zunilde me miró con sus ojos grandes y negros llenos de humildad queriendo resarcir mi dolor, pero sabía que hoy era el día de liberarse también de los miedos y los temores, también de la culpa de no haberme dicho esto al principio.

Quiso arrodillarse, pero no se lo permití. Entonces sin dejar de mirar la lluvia continuó diciéndome de nuevo, que si recordaba que después del río había organizado otra fiesta de bienvenida a todos los que habían asistido al matrimonio.

Claro que sí, todavía no sufro de pérdida de memoria, le dije con un gesto disimulado de chiste para relajarla y que dejara de llorar, a pesar que ganas no me faltaban de llorar también en sus hombros. Mi señor, todo era normal hasta las doce de la noche. Desde el sótano hasta el jardín y el árbol grande donde los dos habían escrito sus promesas de amor estaba lleno de gente. Luna corría de un lugar a otro y por momentos sin tener a dónde refugiarse se metía en mis enaguas.

El padre Reis y Arrázola ya se habían olvidado de llevar las manos donde siempre, ahora sin decirse nada a lo mejor no querían imaginarse que esto ya les hubiera pasado o estuviera por pasar a ellos mismos.

Mi señor, el sótano estaba oscuro, en esta ocasión escuché voces ahogadas pero la verdad no me preocupó, porque la señorita Heidi e Ita estaban bailando en la sala, claro, de una manera disimulada, aunque cuando la llevaba al rincón miraba para todos lados y le metía la pierna derecha en sus calenturas. En el tercer piso el teniente Alcántaras se le había vomitado en las piernas cuando le estaba haciendo groserías al nuevo acólito del cura Reis, pero ya poco se le veía la cacha de la pistola untada no sé de qué aceite metida en el trasero. El mismo cura Reis, que estaba muy cerca de ellos, se había puesto la sotana en el último canto del gallo, pero vaya a saber Dios el por qué ahora se la había quitado.

¿Y la monja Arrazola? Le pregunté enseguida. También, con la diferencia que el velo se lo había puesto en la cabeza del padre. Cuando me miraron tenían sus lenguas afuera, a lo mejor ya estaban terminando. Al lado de ellos estaba el alcalde con su barriga grande tratando de que su pene pequeño lograra su objetivo con el gobernador Argón, también barrigón, que con los ojos extraviados, a lo mejor enojado, hubiera deseado que su amante nuevo tuviera con qué joderlo. En ese momento Arrazola le miró abajo al padre, y pasó una saliva espesa que no pasó desaparecida en el ambiente. Pero mi señor, solo estoy diciéndote de las personas que aprecias, porque en ese piso si los vientos, las estrellas y nuestro mismo Dios hablara, sin duda que tú y yo los asariamos como se asan los pollos. Tu sabes cómo, ¿verdad? Si claro, le dije, si eso es lo que le llevo siempre cuando se enoja Heidi porque Luna hace pipi en el sótano cuando los truenos le distorsionan la vejiga. A las dos de la mañana subí al cuarto piso. El desorden era total, ventanas rotas, el sonido de la música que sin duda era lo que había roto los bombillos. De un tajo apagué el sonido, y allí los que me cogieron de pies y manos y me querían aventar a la calle eran los mismos que mataron a mi negro lucho, Dios lo tenga en su santa gloria me dijo, secándose las lágrimas con el delantal blanco. Luego rieron y me dijeron que si quería me recordaban cómo lo habían matado.

No, no quiero recordar aquella noche trágica en el bajo Baudo Chocoano, por favor no lo hagan, les dije.

¿Por qué debo quererlo? Entonces, negra hija de puta, prenda las luces. Desde luego las prendí, señor. Ahora le pregunto: ¿Por qué ellos ahí, mi señor? No eran mis invitados, sin duda eran del alcalde le respondí.

Más o menos a las cuatro llegué a la terraza,

siguió contándome. No había luces, los bombillos estaban rotos también. Desde arriba las calles insertaban cierta soledad, era como si después que enterramos al último muerto nadie quisiera caminar por el mismo lugar. Cuando pensé que todo estaba igual cuando hice el último recorrido, Luna empezó a mover la cola. Se paró en las dos patas y lamiéndome las piernas flacas me llevó al lugar, claro lo sospeché, una tiene su propio lenguaje de decirme las cosas. Sí, ahí estaba ella con él con las piernas abiertas consumiendo a lo mejor lo que no vivió contigo, que se yo, no me digas nada me dijo. Me miró, y de inmediato me dijo que si estaba viva era por los hombres del cuarto piso. Entonces, mi señor, es como si estar viva después de pensar que hubiera estado muerta es una salvación. Sin deja de hacer vainas me dijo que si le decía los hombres del alcalde me matarían de peor forma que a mi negro Lucho.

Heidi se dio cuenta que lo sabía todo cuando la negra Zunilde se fue de la casa muy temprano en la mañana. Bajó las escaleras, rondó la casa y roció el jardín en compañía de Luna que nunca la dejaba sola. Cuando terminó Luna empezó aullar. Entonces la abrazó y le dijo que la amaba. En respuesta Luna le lamió sus lágrimas, pero cuando la vio alejarse en zancadas largas, cuando tomó la misma calle por donde había llegado aquel diecinueve de abril, un año después que los paramilitares mataran a su negro Lucho empezó de nuevo aullar. Cuando tenía un pie en la chalupa que la llevaría de vuelta al bajo Baudó su cuerpo contorsionó, su piel se tornó verde y cayó doblada en las aguas del río Güera sin vida. Entonces Heidi corrió al espejo triangular y se miró por largo rato y luego escribió sobre el espejo: "Te lo advertí". Rápido salió por la misma calle con un abrigo negro que le llegaba hasta la punta de los zapatos negros y cuando llegó, Luna estaba amojonada en el cuerpo de Zunilde, quien le había alimentado a base de teteros cuando era apenas una bebé. Luna le gruño y, olvidando a lo mejor la razón por la que había llegado, regresó con los mismos pasos a su habitación. Ese mismo día la vieron cruzar el pueblo, caminaba rápido como queriendo no contar sus pasos, a lo mejor si los medía era como ponerle trancas a la larga vida que quería vivir.

Abandoné la casa un tiempo después, pero no la idea de liberar los espíritus del odio hasta que los matara. Desde ese mismo día levanté la última piedra del pueblo para encontrarlos, y hasta el pueblo mismo si se le preguntara hoy el porqué regresó a la casa, a lo mejor dirían que vino a recoger los pasos antes de morir, o que después de andar tanto volvió al mismo lugar sin dase cuenta.

Cuando terminó de contarles, no les miró a los ojos para que no le vieran el color de los suyos.

El cura quiso desde la distancia decirle, que ya bastantes muertos existían y que en el cementerio no había espacio para otros más. Pero se comió sus palabras y a cambio se encerró con la monja, no para rezar por los dos próximos muertos, sino para liberar sus demonios a través del pecado.

Sus pasos ahora eran gigantes en la mitad del pueblo, a lo mejor iguales a los de su negra Zunilde antes de morir. Nadie lo saludó, todos sabían lo que iba hacer y cómo lo haría. Tampoco a él le importó que desde las ventanas masticarán en silencios sus palabras y no le dijeran nada. Por ahora solo quería quitarle la vida a la mujer que había violado los juramentos escritos en el árbol grande, y ante el cura Reis cuando le leyó los sacramentos el día del casamiento.

¿Qué? ¿Merecía vivir? ¿O acaso no era más fácil para este hombre seguir en efímeros tiempos asumiendo algo que también las mujeres han cargado por siglos la infidelidad de una sociedad machista y retrógrada? ¿O, acaso en la época de Cristo cuando se asumía una infidelidad por ley se le daba veneno que no era más que cicuta, un veneno mortal que si sobrevivía no se le pedía perdón así la mujer quedara con incontinencia urinaria y con materia fecal en los pañales siendo inocente? ¿O si moría era porque lo había cometido sin haberlo hecho? Esto y mucho más se preguntaba, pero al final asumió que esto no era machismo, era venganza.

Cuando salió de la iglesia no salió con los pies livianos, pero algo diferente había pasado allí adentro, el cura había sido un asesino sin duda alguna así no se lo hubiera confesado, pero él no era pendejo para no creerlo. Mientras caminaba pensó que todos estaban a favor de él, inclusive el de arriba. Era la única manera de enterrar toda esta mierda que le llegaba al cuello, si no lo hacía no podría seguir viviendo por el resto de su vida. Era ella o él.

Te mataré hasta que los tiros me vuelvan sordos, hasta que ya nada importe más que vaciar lo que tengo adentro, luego sin piedad te apuñalaré hasta que el cuchillo pierda los dos filos; luego de colgaré en el mismo árbol de los juramentos y te bajaré, y muerta te torturaré con el anual de torturas del cura Reis, y si no es suficiente otros imaginarios me ayudaran. Y si después de muerta pienso que estás viva, te desenterraré y acudiré hasta el mismo demonio para que me ayude a seguirte matando.

¿Y qué pasaría cuando, ya con los ojos pasmados sin regreso, el último tiro lo usara contra mí? No, porque entonces no lograría deleitar su muerte, y lo más fascinante de la venganza es disfrutar a cada instante los recuerdos cuando se está muriendo, porque de esa manera enterramos también el odio. Ni de vainas lo haré, pensó.

¿Y por qué no usar el manual que poco antes le había hablado el cura antes de usar la escopeta, el cuchillo y la soga? No quiso responderse a sí mismo. Siguió caminando en medio del mutismo de la gente en las ventanas y de los que en la calle en silencio rezaban. Hizo un alto en el bar. Allí encontró a su amigo Ed Casandro, un granjero a quien le compraba el pasto para el ganado. Era un joven curtido por el sol con una chispa de alegría en los ojos que al verlo le dijo: No es tiempo de violencia amigo, ni mucho menos por unos calzones cagados.

¿Qué sacaría con matarla?

¿En qué te ayudaría?

¿Podrías mirarte al espejo y luego ser el mismo mañana? ¿Acaso piensas que su vida sería igual? ¿Cuántos años tienes? ¿Vale la pena terminar en cuatro paredes oscuras por el resto de tu vida?

Perdonar, sin duda alguna, es el mejor puente de reconciliación con nosotros mismos. Si el perdón existiera el mundo no sería tan infeliz, ¿no te parece?

¿Por qué nos es tan difícil perdonar? ¿Qué hay allá dentro de nosotros que nos hace hierro y barro y cemento que no nos deja pensar que estamos hechos de debilidades y fortalezas?

Mi esposa Eliana me engaño con ese mismo hombre no hace mucho tiempo y lo único que le he deseado es que viva, si es posible, hasta la eternidad del tiempo, hasta que los dientes y piel se le caigan de vieja, para que pague por todo el daño que me causó. Esto mismo se lo escuchó al cura minutos antes cuando le dijo que el tiempo era el mejor aliado para los olvidos y la venganza. ¿Si el pensamiento oscuro se me hubiera atravesado estaría aquí?

¿Verdad qué no?

¿Por qué nos cuesta perdonar?

¿Por qué? ¿Acaso nos hace inferiores a nuestros bellos propósitos de vida?

¿Verdad qué no?

Josep antes de levantarse tomó la cerveza de un solo tajo, lo abrazó y sin responder una sola palabra salió del bar con los mismos ojos llenos de lágrimas con los que había llegado. Algunos que encontró de camino a casa sacaban pañuelos blancos desde la ventana, otros amotinaban sus propios pensamientos sin expresarlos, pero imaginaban al verlo con las armas, que hoy sería el primer crimen pasional en el pueblo. Ya era la una de la mañana cuando a tres cuadras la imaginó desnuda sobre él con el cuerpo sudoroso y el olor de los orgasmos negándose a salir por las puertas y las ventanas. Despacio, muy despacio desaseguró la pistola que antes había aceitado y cargado, y se apersonó que la escopeta como el cuchillo mataganado y la soga estuvieran en el mismo lugar donde las había puesto. Sacó el cuchillo de la funda que lo tenía en el cuadril derecho, lo puso al frente de su cara y sus dos filos estaban brillantes, tanto que pudo ver su espesa. Entonces recordó cuando el teniente le dijo cuando se lo entregó: Por si algún día le fallan los tiros de la pistola y la escopeta que te dio tu abuelo se atora, úsalo, es eficaz, te lo digo con propiedad, pero si todo esto te falla, no dejes la soga, podrás verle los ojos saltones oscurecerse y el chorro de orines salir entre sus piernas.

Rápido entró por el solar, allí estaba Luna, la perra que ya de vieja había perdido el olfato y los dientes, a lo mejor el sufrimiento era igual para ella. Entonces se arrodilló y le pidió perdón por el abandono. Batió la cola y alzó sus dos manos. Luego la acarició y le dio el último hueso redbar que su amigo Jhosser Hamilton Rua le había traído del país del norte. Cuando llegó a la puerta sintió corriente en sus manos y la poca saliva que le quedaba se transformó en sangre.

Te mataré y luego te colgaré en la viga como Jorge Avellaneda mi amigo el carnicero hace con los marranos, pensó cuando puso tres pasos adelante sin darse cuenta de que todas las puertas estaban abiertas y con las luces prendidas. Cuando llegó al cuarto de san alejo todavía sintió el olor a sexo cuando la negra Zunilde los descubrió teniendo sexo. Masticó aquel episodio con rabia hasta sentir que le caminaba en todo el cuerpo. Este sentimiento lo empujó a caminar más rápido pero cuando llegó al segundo piso se detuvo y miró por la ventana la calle y vio que no solamente las ventanas y las puertas estaban abiertas, sino que en cada ventana seguían los pañuelos blancos moviéndose de lado a lado. Las calles estaban llenas de gentes con los ojos puestos sobre la ventana del tercer piso. Ahora caminó despacio, y de nuevo le sobrevino el temblor, pero cuando escuchó el grillo cantar con lágrimas en los ojos y entró a la habitación, se dio cuenta que las banderas ya no estaban y los habitantes del pueblo habían trancado las puertas y las ventanas, a lo mejor para no escuchar lo que allí pasaría cuando el último grillo dejara de cantar.

www.ingramcontent.com/pod-product-compliance
Lightning Source LLC
LaVergne TN
LVHW091236150826
845673LV00003B/1162

* 9 7 8 8 4 1 2 5 0 5 5 9 7 *